蛋生

——戴錦綢詩集

「含笑詩叢」總序／含笑含義

叢書策劃／李魁賢

　　含笑最美，起自內心的喜悅，形之於外，具有動人的感染力。蒙娜麗莎之美、之吸引人，在於含笑默默，蘊藉深情。

　　含笑最容易聯想到含笑花，幼時常住淡水鄉下，庭院有一欉含笑花，每天清晨花開，藏在葉間，不顯露，徐風吹來，幽香四播。祖母在打掃庭院時，會摘一兩朵，插在髮髻，整日香伴。

　　及長，偶讀禪宗著名公案，迦葉尊者拈花含笑，隱示彼此間心領神會，思意相通，啟人深思體會，何需言詮。

　　詩，不外如此這般！詩之美，在於矜持、含蓄，而不喜形於色。歡喜藏在內心，以靈氣散發，輻射透入讀者心裡，達成感性傳遞。

　　詩，也像含笑花，常隱藏在葉下，清晨播送香氣，引人探尋，芬芳何處。然而花含笑自在，不在乎誰在探尋，目的何在，真心假意，各隨自然，自適自如，無故意，無顧忌。

　　詩，亦深涵禪意，端在頓悟，不需說三道四，言在意中，意在象中，象在若隱若現的含笑之中。

　　含笑詩叢為台灣女詩人作品集匯，各具特色，而共通點在於其人其詩，含笑不喧，深情有意，款款動人。

　　【含笑詩叢】策劃與命名的含義區區在此，初輯能獲十位詩人呼應，特此含笑致意、致謝！同時感謝秀威識貨相挺，讓含笑花詩香四溢！

2015.08.18

自序／蛋生、誕生

　　學科學的人講究具體、實際，大都缺少想像的浪漫，我就是這樣的一個人，很難想像自己可以將自己腦中的意象用詩的方式呈現出來，在詩人方耀乾身邊，自己寫的詩豈能放上檯面，雖然他一直鼓勵我嘗試，一起參加了多場國內詩人的聚會和詩歌節活動，也陪伴外子參加蒙古、古巴、緬甸、台南福爾摩沙詩歌節等國際詩人大會，但還是不敢造次亂寫詩，更不要說將之呈現在眾多詩人前輩的面前。卻在李魁賢前輩的激勵下，我終於寫下一首詩，然後再寫第二首，好像有點心得了，於是寫了四首詩並且很大膽地寄給他，做為參加2016年卡塔克國際詩人高峰會（Kathak International Poets Summit, 2016）的詩集內容，我只是想終於可以用詩人的身分參加詩歌節的活動了，接著又意猶未盡的寫了十三首一起寄給他，很幼稚的浪漫想法，希望能得到他些微的認可這是詩，就心滿意足了，哪料到李前輩給了更大的鼓勵，將這十三首詩一起放在《笠》詩刊的【新秀出招】內，其實心裡既興奮又害怕，在諸多前輩面前這樣是不是太自不量力了！

　　2016年1月29日和李魁賢、林佛兒、李若鶯、方耀乾、陳秀珍一起出發參加2016年孟加拉卡塔克國際詩人高峰會，到了

孟加拉達卡機場竟然發現自己與其他國際詩人並列在高峰會的詩人名單內，在之後六天的活動中，不管在大學校園、在孟加拉詩歌節中、在詩人的追思會中，都是以詩人身分跟諸位前輩一起上台念自己的詩。初登場就在這樣盛大的場合，心中其實非常忐忑不安，很怕自己表現失常，很怕被嘲笑，但其實受到的都是滿滿的鼓勵，讓我放心不少。

然後李魁賢再給我一劑強心針，鼓勵我出詩集，害我好幾個晚上睡不好，這怎麼可能呢？考慮了一段時間還是毫無自信，偷偷問了我那詩人老公，他竟也鼓勵我可以努力看看，既然得到兩位的肯定，再加上得知有來自一起參加國際詩人大會的林鷺、莊金國、陳秀珍等詩友的鼓勵，霎時好像詩興大發，抱著就是要接受批評和指正的心理，讓原本的夢想變成真了！

誕生《蛋生》，就如一個新生命的開始，蛋就如零，零是一切的開始，然後就會越來越多，越來越進步。因為在醫院工作的關係，面對生命的開始、疾病、老化甚至離開，讓我對生命有了不同的看法，不管是對愛情、親情或是萬事萬物，不是一味的美好幻想；也不是悲觀以待。人生的悲歡離合是常態，生命的增長有失也有得，用甚麼角度去看就有不同的景象，這是我這本詩集的出發點，只是一種單純感情的表達。在詩集中找不到華麗的詞句，和純熟的寫作技巧，但詩中卻有我滿滿對生命、對大地的感情。詩集包括生活偶感、在醫院中的所見所聞、男女愛情、夫妻情感、父母子女親情、朋友間友

情、人與寵物間的感情，在各地旅遊見聞等等，在這一年中大
約寫了七十幾首就這樣將之集結成冊。

再一次感謝李魁賢、我的老公方耀乾及林鷺、陳秀珍、莊
金國等詩友的鼓勵！

目 次

再篇　生命關懷

又一篇　情話綿綿

世界篇　望遠

序篇　開始

蛋生

破殼　新生
怯生生探出頭
躍進這陌生的世界
一步　兩步
跌跌撞撞
終於
在鼓勵中邁開大步
沒有炫麗的外表
沒有優美的舞姿
沒有驚天動地
沒有感動莫名
只是　開始

於2015.10.19

初篇　努力

小草

厭倦隨風漂泊

落腳在你的屋簷下

春雨滋潤我生命的原汁

於是

我決定努力

深深喝一口朝露　成長

我溫柔地向你靠近

以我堅強的意志迎接你的拒絕

我們就這樣依偎幾個寒暑

直到你將我拋棄

我再一次漂泊

於2015.10.06

附註：每次在庭院除草，總覺那些雜草怎麼生命力如此
　　　堅強，每拔完一次都是精疲力竭，但不久之後庭
　　　院又長出許許多多的小草，好像永遠都除不盡。

鬼針草的故鄉

不停地漂泊

尋找歸屬的故鄉

越過高山

飛過小溪

總是落腳在別人的土地

雖然常是喧賓奪主

自以為是主人

還是背負被驅趕的命運

雖然總是堅強面對

還是傷心落淚

然後再一次漂泊

有時會懷疑

是否曾經有過故鄉

還是永遠只是異鄉遊子

於2016.04.12

桑葚

庭院中那顆沉默的鹹酸仔

忽然間

以母親之姿

用她青翠的生命

結出滿滿的紅色妖豔

霎時

那紅又以黑澄澄的誘惑呈現

摘下一顆放入口中

那初戀的滋味

在唇舌間化開

蔓延到頭頂腳尖

蔓延到青春年代

蔓延到龍鍾年代

蔓延到盤古開天

蔓延到太空時代

我茫茫然

墜落在時光機中

於2016.04.21

祝你生日快樂

今天是你的生日
聽說要吃蛋糕
不知何時的傳統
最好有一束深情玫瑰
大飯店的牛排襯托
玫瑰的嬌豔和香味
人被蒸得發燙
臉都紅了
嘴角菱了
在那沒有蛋糕的歲月
發糕可以代替嗎？
路邊的那朵小花
一樣芬芳嗎？
一碗阿母的滷肉飯
好像更香更可口
今天是你的生日
要吃蛋糕嗎？

於2016.05.03生日

如意

一個　兩個結

結個如意　掛著

結著期望　結著愛

結著你我的心

榮華富貴

揚名立萬

家財萬貫

不需結

只結如意

於2015.11.09

離開

一個空間　一段時間

一種心情　一個狀態

一個愛人　一個仇人

一件喜悅　一種哀傷

是否離開　是種藝術

能否離開　是種抉擇

曾想離開　不願離開

不願離開　卻又離開

離與留之間一條看不見的線

痛與不痛這麼清晰

離開只是一種選擇

於2015.11.23

小丑

不是忠臣　沒有忠肝義膽

不是奸相　沒有奸邪狡猾

不是英雄　沒有武功蓋頂

不是書生　沒有滿腹經綸

不是美女　沒有嬌艷動人

總是沒沒出現

總是悄悄離開

醜化自己娛樂他人

舞台上演盡悲歡離合

舞台下看不透喜怒哀樂

唯有小丑清楚一切

看人喜看人悲

看人哀看人怒

不是冷眼

也不是旁觀

只是看透

於2016.1.08

窗

六角窗中央那盆
靜靜等待的水仙
淡淡的黃在濃郁的香味中
窗外的綠透入
一抹剪影
是否孤寂
窗外的來往熙攘
窗內一如
望出去的眼神
落點在天際
思緒在何方
可以透光的窗
可以透影的窗
永遠透不過那個等待的心

於2016.01.11

日曆

一張張撕去

丟入廢紙簍

時間逝去

永不回頭

每天撕去青春

每天撕去熱情

每天撕去生命

一年盡頭可換一本

青春的生命不再青春

生命一點點逝去

人生是否可再換一本

不能再續的人生

精彩的

平淡的

滿意的

遺憾的

日曆只是一張紙

還是一生

於2016.01.05

一百元的誘惑

一陣的清香
留住旅人的腳步
眼角瞥見那婀娜的身姿
竟被她深深吸引
一時無法自拔
向她靠近

一張牌子寫著
一百元
老闆　她是一百元
是
她翹著臉抗議
我不是一百元
我叫著茉莉
我是你阿母庭院那株茉莉
我是半夜伴你度過寂寞的茉莉
我是在你心中無法忘記的茉莉
我更是你身體一部分的茉莉

這一百元的誘惑
竟是如此深刻
旅人再也無法移步
沉沒在她誘惑的深海中
越來越深
直入地心

於2016.06.10

少女的祈禱

一聲聲催促自遠而近
提起將被拋棄的負擔
追趕
氣喘吁吁
奮力一搏
達陣成功
胸腔中的戰鼓尚未平息
得到解脫的意志
卻已不再矜持
不急　我會等你
那位清潔員如是說
我卻無法安然
少女的祈禱再度向前
催促著
那個腳步急促的人
返家
桌上那盤匆促炒就的勝利
卻無法奏出喜悅

只有落寞相隨
這個少女祈禱遠離的寂靜夜晚

於2016.03.21

牛背上的蒼蠅

陽光下的水窪金光閃閃
那隻水牛高興地翻滾
將自己塗得滿滿的水粉
妝點得好像待嫁的姑娘
水面的倒影美到心飛揚

那隻不知來自何方的蒼蠅
匆忙間歇息在牛背上
好整以暇地踱步
搔首弄姿一番
沾得一身的水粉
在陽光下

在陣陣吹拂的春風中
青翠的草兒舞動它曼妙的身軀
牛兒慢慢瞇上雙眼
進入甜蜜的夢鄉

蒼蠅也慢慢瞇上雙眼
離開世間

於2016.04.27

附註：不要總是羨慕別人的快樂和擁有，屬於自己的才
　　　是真正的擁有。

鷹揚

在壯闊天際中隨風翱翔
只是享受著自由
在陡峭的懸崖棲息
只是為了望遠
鷹王傲視這片無邊的大地
腳下盡是牠的領域

紅豆紅了
落葉飄灑了
鳥死了
老鷹不再飛翔了
高空一片寂渺
懸崖靜默

老鷹只想
再一次飛翔在天際
再一次傲視這片大地

於2016.04.13

附註：每當紅豆成熟時，農夫灑下落葉劑方便收成，許
　　　許多多的各類鳥中毒死亡，老鷹因為吃了這些中
　　　毒的鳥也死了，當鳥屍滿地老鷹不再飛翔天際，
　　　也意謂著人類即將面臨的威脅。

菩提樹下的菩提

菩提樹上掛滿菩提

欲為菩提樹下坐

樹上菩提念阿彌陀佛

樹下唸菩提

日夜更迭

樹上還是菩提

樹下沒菩提

阿彌陀佛只響在樹梢

樹下靜寂

於2016.04.28

雨神的協奏曲

咚　雷神大槌一敲

開啟協奏曲樂章

閃電婆婆開始打光

雲彩姑娘換上灰黑的衣裳

開始舞蹈

雨神出場

輕輕低吟

忽而高亢響亮

而又喃喃絮語

偶又停歇

在一次高亢激昂

閃電婆婆伴隨光影婀娜舞動

雷神忽又頻頻催促

再一次大槌一敲

咚　響徹四方

此時

蛙聲蟲聲響起伴奏

雨神聲漸歇

雲彩姑娘換上五顏六色的衣裳
彩虹也靜悄悄出場
在雨神謝幕後

於2016.05.30

阿勃勒的青春

路邊那棵阿勃勒
等待了一年
為了那五月盛典的到來
一夜之間
將自己妝點得妖嬌
水黃的漂亮衣裳
吸引許多注目
一陣微風
掀起它的裙襬
婀娜地移動
灑落一地的黃金耀眼
它的生命突然間如此熱鬧
它是鎂光燈下的大明星
一年的孤寂等待
換得一霎的燦爛
然後再一次孤寂
阿勃勒仍然快樂地等待
等待再一次的青春

等待那笑聲再一次地揚起
在春天的五月

於2016.05.16阿勃勒盛開的季節

那隻飛天的金魚

嚮往自由自在的飛翔
將鰭化作翅膀
展開一段奇異的旅程
在星空下
星星為他點燈
在高陽下
雲彩為他遮陰
乘著風到千里之外
他飛過高山
他飛過森林
他飛過原野
他飛過溪流
遠方是他夢想的國度
故鄉越來越遙遠
心中越來越寂寞
飛過天際
小鳥說
你不是鳥為何要飛翔

偶而歇息的河流

魚兒說

你不是魚為何在河裡

飛到大海

鯨魚向他噴水說

你不屬於大海請離開

於是

他不斷地飛翔

找不到歇息的地方

找不到同伴

找不到夢想

找不到故鄉

累了

他只想再一次

當隻在水裡悠遊自在的金魚

於2016.03.23

判決

他有可能被教化
不能以死刑結果
許多不該死的人已不在世上
怎能輕易斷人生死
法官一片仁慈
尊重生命人權
母親的淚卻無法拭盡

可以教化的人留著殘命
不需教化的人喪失生命
天使不能留在人間
撒旦可以佔有一片天

不能輕易斷人生死
可以輕易取人生命
即使最惡的人都有一絲善念
沒有惡念的人卻必須痛苦

誰是最有權威的審判者
誰能判得最正確
法官或者醫者
殺人者或是被殺者
還是高高在上的主宰者

於2016.03.30

附註：又有一個無辜的小孩慘遭無故殺害，有人主張殺
　　　人者償命，有人主張人心未泯應該留他一個活命
　　　的機會，誰的判決最好呢？值得大家深思！

劈腿翻牆去

那位體操選手劈腿美極
贏得金牌一面
掌聲響徹
名揚

男孩劈腿翻過那堵高牆
為了那高掛樹上的顆顆誘惑
年輕的男子劈腿翻過那堵高牆
為了情人那抹掛臉上的微笑
中年男子劈腿翻過那堵高牆
為了情婦那一夜的溫存
那位美女劈腿卻為那端？
是健身房那六塊肌的誘惑
還是那髮漸禿身漸廣的期待

劈腿　　翻牆
劈腿　　不翻牆
是一種期待

還是一種叛逆
是一種偷來的愉悅
或只是一個單純的渴望

公園中那位歐巴桑劈腿越過那道矮牆
轉身離去不回頭
公園這頭卻兀自沉思
舉起腳又慢慢放下
不劈腿不翻牆了

於2016.09.01

再篇　生命關懷

空巢

窗外白頭翁悲鳴喚不回鳥巢中的啁啾聲

手中不被需要的圍巾不知該不該完成

看著電視一整天重複的新聞

偶然　與貓四目相對　牠懶懶的「喵」一聲

剩菜放進微波爐　微出一些暖意

時鐘緩緩敲出十二點鐘聲

遠處鞭炮聲霹靂啪啦傳來

除夕夜捎來的電話聲

是遠方遊子的問候

掛上電話　進入夢鄉

耳中好像聽到兒子嘻笑的聲音

眼中彷彿看到兒子越來越近的身影

她在夢中微笑著

於2015.10.07

附註：「微出一些暖意」的微是形容詞也是動詞。

白髮吟

本以為西方無戰事
霜雪卻悄悄攻占了灘頭
心中忐忑
徒手搏鬥奪回領地
悵然取代勝利的愉悅
戰爭持續著
敵軍每每偷襲成功
攻城掠地後
領地逐漸喪失
緊急召來友軍援助
勝利在望
雀然欣喜
霜雪退卻
卻只遺焦土一方
悵然　悵然

於2016.08.29

淺水灘的魚

背上一陣陣的刺痛
是否百足在爬行
努力一寸一寸挪動身軀
它卻如影隨行
張口大聲呼喊
聲音卻留在口中
望向遠處的大海那麼廣闊
那片廣闊卻不屬於我
渴望一股清涼
它卻已遠離
在生命逐漸消失中
我希望再一次蹦出火花

於2015.10.20

我的賓士轎車

我的賓士車是兩輪的

人家的賓士車是四輪的

我的賓士車一小時跑不到一里

人家的賓士車一小時就到百里

我的賓士車只能載我殘破的身軀

人家的賓士車叫香車美人

我有專屬司機瑪麗亞

我可以慢慢欣賞街路風景

也可以聞聞路邊花草的芬芳

路上偶遇放學的小朋友

燦爛的笑容和童真

熔化在夕陽餘暉中

灑落在我的賓士車

它發出閃亮的金光伴我行

我殘破的身軀一剎那

完美了

於2015.09.07

My Mercedes-benz

My Mercedes-benz has only two wheels,

But other's has four wheels.

The speed of my Mercedes-benz is 1 kph,

But that of other's is 100 kph.

My Mercedes-benz carries my disabled body,

But other's is a dream car.

I have an exclusive driver, Maria.

I could enjoy the street views,

And smell the flowers and grass by the roadside.

The sweet smiles and innocence

Of the children I meet by chance after school,

Melting into the golden sunset,

Throw onto my Mercedes-benz.

The golden sunset accompanying

Suddenly makes my disabled body

Perfect.

Sept. 7, 2015.

心鎖

本該百花的三月
老天卻逕自垂淚
將愁雲深鎖
用一把開心的果
打開不了這鎖
快樂躲迷藏
遍尋不著
偶爾不經意地
悄悄地回到身旁
總是那麼淡
淡到不覺
焦慮和恐慌卻如影隨形
在與內心那個知己不斷對話中
心靈有了寄託
旁人卻總是眼光異樣
偶然昇起的興奮和悸動
得到的是逃避
於是將心鎖鎖得更緊

禁錮自己於深黑中
永遠參不透
在天濛濛亮中
曙光是否仍在

於2016.04.18

附註：精神患者可能因為不同症狀因而有不同的行為表
現，大部分均不會攻擊別人，不必因為少數患者
攻擊人而拒絕他們，而將攻擊人的行為都歸於精
神疾病也不可取，以同理心對待精神患者，才能
助他們打開心鎖迎接曙光。

祈禱

神啊！

我個子不高　希望您看得到

我聲音不大　希望您聽得到

我願望不多　希望您都實現

神啊！

我知道您一直都在

在幫爸爸治病的白衣天使中

在給我熱開水的阿姨手中

在買走我玉蘭花和口香糖的人中

神啊！

如果您不能給我太多的願望

那我可以只要三個嗎？

我希望爸爸再一次有力地抱住我

我希望北風不要那麼兇

我希望我的肚子不要咕咕叫

神啊！

您會不會覺得我太貪心了

於2015.10.23

血紀

血一滴一滴
似朵紅花落下
滴入希望
她眼中露出鼓勵
微笑著加油
我不偉大

血一滴一滴
流入血管中
她眼中露出堅定
嘴角抿著無懼
我不脆弱

在融合的一刹那
心跳共鳴
生命激出火花
重生

於2015.10.26

附註：我們相信捐血者和受捐者間存在生命共同的頻率。

偷

我被偷了

在毫無知覺中

青春

美麗

苗條

體力

健康

一個一個

消失了

到底是誰偷走的

我扮演偵探

抽絲剝繭

尋不著偷兒

最後

記憶也被偷了

我記不起

追尋的原因

就這樣

我遺忘曾經的擁有和失去
我只記得此刻

臉上的皺紋
肥胖的身軀
緩慢的行動
一身的疾病
竟然這麼自然存在
一定本來擁有的
啊！
原來我沒有被偷

於2016.03.08

附註：隨著生命的延長，許多人不得不面對老年失智這
　　　件事。

我不是阿姆斯壯

我的一小步是人類的一大步
阿姆斯壯如是說
這一小步踏出人類的新天地
這句話憾動人心幾十年
我也想邀遊在宇宙中
我也想去尋找嫦娥的廣寒宮
我也想效法吳剛砍倒月桂樹
不過
我不是阿姆斯壯
我只是一個困在太空艙的太空人
隨人將我翻轉
一小步竟是我最想的志業
說不出的我愛你不知如何傳達
用眼神送給你電波
你是否收到

於2015.10.19

附註：植物人不是都沒感覺的，他們可能聽得到、感覺
得到，只是沒辦法動、沒辦法說。

懸崖

雲霧在腳邊纏繞

伸手觸摸虛空

往前踏入未知

莫名的慌亂

徬徨左右

向前或往後

一樣迷惘

說好要勇敢

懦弱如影隨行

縱身躍下

腳下是真實或虛空

面對是光明或黑暗

無助是一種感覺或事實

唯有往前

於2015.11.30

附註：深受疾病纏身的人，面對檢查及治療充滿未知的
　　　徬徨，有如處在雲霧中的懸崖邊。

不做太空人

白牆、白床單、白袍
我生命中唯一擁有的顏色
藥水、傷口
我唯一能聞到的味道
裝上呼叫器當個太空人是必修的課題
不　我不做太空人
他嚴厲的說：不做太空人你就只剩一個禮拜
我還要去看看掛在天邊的彩虹
那不需一個禮拜
我還要去聞聞庭院裡玫瑰花的芬芳
那不需一個禮拜

於2015.03.14病中

附註：身為醫療人員看到許多患者為延續生命使用各種
　　　醫療儀器，將生命最後時段困在醫院中、病床
　　　上，生命是延長了，生命的意義卻喪失了。當人
　　　面臨生命的盡頭，有多少人可以選擇不做帶著呼
　　　吸器的太空人（此句話來自方耀乾的《阮阿母是
　　　太空人》）。

Refusing to Be an Astronaut

A White wall, white sheet, and white robe,

The only color I have;

The Medicinal liquid, the wound, the blood,

The only smell I have.

Using a respirator to be an astronaut is my required course.

No, I don't want to!

Only one week You can live for, sternly he said.

Going to see the rainbow beyond the sky

Need not take a week.

Going to smell the roses in the garden

Need not take a week.

March 14, 2015.

鐘擺

在左右之間毫不猶豫規律
生命延續象徵
心電圖不規則的曲線
宣布掙扎求生

白衣使者倒數
五四三二一
等待螢幕中的靜默
黑衣使者竟迫不及待
悄悄迫近

空氣凝結的一刻
鐘擺再度在空間中
滴答　滴答
世界重現喧嘩
靜默的軀體永遠靜默
在黑暗中

曾經那麼自然
曾經那麼理所當然
滴答得令人煩擾
如今卻只是渴望
再一次　就再一次
聽到

於2016.03.16

告別

親愛的　在秋天的清涼中我將與你告別

但請不要哭泣

因為　　我要去拜訪太平洋的鯨魚

　　　　我要去喜馬拉雅山尋找雪人的蹤跡

　　　　我要去北極追尋聖誕老人

　　　　我要去南極看看企鵝

當我去陪紐約的勝利女神月下談心後

我會回來看你

當我敲過倫敦的大笨鐘後

我會回來看你

當我去看過在印度泰姬瑪哈的王妃後

我會回來看你

我是

那朵你花園鮮紅的玫瑰花

那隻在窗旁輕啼喚醒你的小鳥

那陣為你拂面的春風

那灑落在你髮梢的陽光

那遠方對你眨眼的星星
那黑夜中為你帶路的月亮

於2015.10.13

在生命的盡頭唱首歌

白色和黑色不是我的選擇
悲傷的哭聲也不是我愛聽的
五彩的玫瑰花才是我的最愛
我將以微笑和你告別
請用你美妙的歌聲送我一程
在黃昏的時候我要回故鄉去
夕陽展開她的笑容
小鳥唱出牠的快樂
請你用快樂的心情送我返回故鄉
故鄉的山啊！故鄉的溪水啊！請你一定要等我！
我會微笑著回來！

於2015.05.03生日有感

Singing a Song at the End of My Life

Neither are white and black my choices,

Nor do sad cries I like to listen to.

Colorful roses are my favorite.

With smiles I will say good-bye to you;

With a sweet song please see me off.

At twilight I will go home.

The setting sun will exhibit her smile;

The birds will sing merrily.

Please send me to my hometown in a happy mood.

The mountain, the river, please wait for me.

I will go home with smiles.

May 3rd, 2015, on my birthday

那個徘徊醫院的魂魄

午夜
電梯裡一個孤獨的身影
眼神空洞望著數字轉換
沉靜地等待
他的目的地是地下一樓
寧靜軒裡
再一次午夜
電梯裡的身影依舊孤獨
目的地依舊地下一樓
寧靜軒裡
他每天的例行公事

記憶停留在對撞的剎那
風仍在耳邊呼嘯而過
馳騁的快感卻不再
他每天都在思考
思考著空白
思考著不再繼續的記憶

一次再一次
電梯裡的旅程
和深烙在心中那母親的悲傷哭聲
等不到救贖的魂魄
每天仍需徘徊再徘徊

於2016.02.23

動與慟

凌晨

那場沒有預告的驚天動地

開啟了生命的拔河

瓦礫中那小小的氣息

是希望的泉源

堅毅的意志

告訴自己絕不放棄

不放棄救與被救

緊緊抓住這條線

只在乎打贏這場戰爭

時間無情逝去

生命無奈逝去

戰爭不再一定贏

汗水淚水夾雜落下

滴在殘破中

老天爺也落淚了

哀悼這場天災

哀悼這場人禍

問天

是誰毀了家園

是誰奪走了生命

只能無奈接受嗎？

只能心碎哀痛嗎？

於2016.02.06

附註：2016.02.06清晨3點57分台灣高雄美濃發生6.4級
地震，台南5級，突然聽到消防車及救護車的警
鈴聲呼嘯而過，意識到可能有災情，卻沒有想到
就在住家不遠處發生大樓倒塌多人被困，八天的
救援出現很多生命的奇蹟，接著卻是一次再一次
的失望，心痛的心情久久無法平復。

上山

喂　阿山在嗎
去山上了
去爬山嗎　哪座山
不是啦　是去山上了
去山上拜拜嗎　哪個廟
不是啦　是去山上了
山上　　山上
不是去爬山鍛鍊身體
不是去修行成仙
山上是未來
也是歸處
煙霧瀰漫之處
是陰深還是仙境
總是有很多的期望
總是有許多的意氣風發
匆匆　總是匆匆
來不及回顧
也無暇望遠

原來
歸處相同

於2016.03.21

旅程

一段單向的旅程
沒有人能知它的內容
無法預估它的長短
精彩的
平凡的
崎嶇的
平順的
期待掌握它的內容
落空的無奈總在

不斷地倒數
盡頭在無法期待的未知中
死亡是必然
總是在被忽略中
心中的恐懼卻如影隨形
日夜啃噬脆弱
誰能在這段旅程盡頭坦然
瀟灑一回

於2016.08.02

又一篇　情話綿綿

初戀的滋味

有點甜　有點酸

還有一點苦

生份的感覺　有點澀

想要　不敢要

想拒絕　不會拒絕

偷偷看著他　不讓他知道

忍不住又對他微笑

一張「勿忘影中人」藏在課本中

等待時機

期望　在心頭上

一朵紅玫瑰握在手中

妳是我的唯一

腳踏車上載著保持距離的雙人

在夕陽中剪影

於2015.11.04

邂逅

擁擠的車箱中
妳的髮梢輕輕拂過我的臉龐
一陣清香
用眼尾餘光掃過
妳微側的臉有一朵紅雲
我心怦怦
想向妳靠近
怯
時空靜止　直到妳起步
妳的髮梢再一次拂過我的臉龐
清香遠離　我悵然

於2015.10.23

情書

泛黃的信紙刻著愛情

黑白照片不曾褪色

情意烙在一片片樹葉

思念託九月的微風

太平洋彼岸是否收得到電波

今夜月光透窗照亮我心

秋夜的風漸冷

電腦螢幕上寫著寄不出去的情書

起身走入深夜的沁涼

覺醒

於2015.09.22

附註：台灣早年許多優秀的學子最大的願望就是留美拿
　　　個碩博士學位，榮耀返鄉光宗耀祖，留在台灣的
　　　情人每天殷殷盼望，常常盼到的是情人他鄉另娶
　　　的結果。

Love Letter

A yellowed letter carves my love.

Never has faded the black and white photo.

Love is branded on each leaf;

Yearning is sent via a gentle breeze.

Beyond the Pacific Ocean can electric waves be received?

The moonlight lights up my heart through the window tonight,

And the wind of Autumn night is getting cold.

The love letter on the computer screen can not be sent.

Walking into the cool deep night,

I completely awaken.

Sep. 9, 2015

情話

你不是我唯一的true love

你也不是我first choice

你更不是我的Mr. right

你只是在我頭頂上的每片天空

你只是在我走過的每吋土地

你只是在我呼吸的每口空氣

我用鍋鏟炒出愛情

將盛著的情意綿綿送給你

我用燜燒鍋燜出刻骨銘心

再用微波爐微出芬芳

我沒有熱情如火

我只能溫暖你的被窩

我沒有鮮紅的玫瑰花

我只能送你萬年青春

我沒有香醇美酒

我只能伴你喝一杯苦苦的咖啡

我不能對天發誓愛你一萬年

我只能承諾與你牽手一輩子

在每個月的初一十五
對你說　老伴啊
今天吃素喔

於2015.10.07

繾綣

一夜溫存

身上仍留有妳的餘溫

荷爾蒙的濃度依舊

不願洗去

妳留下的所有指紋

照著鏡子

細數妳愛的咬痕

一個　兩個　……

腦中浮現

妳迷矇的雙眼

嘴角那抹微笑

轉身尋找

是夢

2015.10.26

夫妻與床

年輕新婚時

雙人床總是留下一半空間

孩子出生時

三個人的雙人床也不擁擠

到了中年時

需要一張加大的床

老年來臨時

僵硬的骨頭永遠無法縮小彼此的距離

於2015.10.20

一畝田

妳是我心中的一畝田

種菜種豆又種瓜

再種一朵玫瑰別胸懷

在秋天的徐風中

細細翻土期待發芽

在冬天的暖陽裡努力澆灌

期待開枝散葉

在春天的細雨中細心呵護

期待花開果熟

在夏天來臨時

等待收成

甜蜜的滋味

帶有一點酸

還有一些苦澀

總是期望回甘

於2015.12.02

阿媽的玉環

阿媽的玉環
阿公愛情的見證
青青翠翠　圓圓滿滿
它會發出輕脆　像美妙的音樂
是我童年的期盼
阿媽說
女孩子的命運像玉環是完滿
破碎是平常
小心呵護求全
打破卻不由自己
是命運或是努力不夠
眠床上不是雙人枕頭
與月亮對望的深夜孤枕
酸苦吞入和著五味
破碎的圓滿
唯有玉環是真

於2015.12.04

貞節牌坊

那塊高高豎立的貞節牌坊
刻著她的名字
皇上親頒四個金字
在陽光下閃爍
讓人無法正眼
這道光芒卻無法照進她屋內
那三十年的黑暗

新砌的墳上草初長
那點綠無法長出春天
墓碑上未亡人三個字
讓她好沉重
沉重到讓她直陷至地心深處

三十年的孤苦
夜夜咬牙的時光
只為那座貞節牌坊
那座無法還她青春的牌坊

這麼理所當然
這麼順理成章
她必須承受的業障
她必須得到的榮耀
是別人的希望
或只是她無奈的承受

於2016.04.20

曾文溪之戀

溪畔水聲潺潺

紫色的薊花迎風招展

蒲公英張開翅膀準備飛翔

正是春天踏青好時光

相約在溪岸

微風吹動髮梢

那望向對岸的眼神迷惘

是否心中忐忑

遠處夕陽透橋落下金光

潑落一地的燦爛

輕輕牽起妳的手

踏入清涼

溪水在趾間流逝

時間卻靜止在相視中

情意在相愛的人心中臉上

於2015.12.04

若你累了

若你累了
請到我懷裡來
沒有寬闊的胸膛
沒有有力的臂膀
只有輕輕一個吻
再為你哼唱一首安眠曲
望你甜蜜入夢鄉

踏遍千山萬水之後
看過無數美景之後
嘗過美酒佳餚之後
歷盡滄桑苦難之後
若你累了
請到我懷裡來

於2016.05.03

漢堡的滋味

冬天

濕冷的天母街頭

櫥窗內的繁華

不屬於窗外

僅有的溫暖在母子牽著的手

漢堡店內的滋味是一種奢求

走過

眼光和企盼卻留下

一個五十元

香甜的麵包味和著肉香

咬下一口

摻著淚水的漢堡

心中酸甜苦辣

那是媽媽錢包內的僅有

三天的菜錢

媽媽微笑快樂

是因兒子臉上的滿足

於2015.12.08

歸巢

不在黃昏
不在深夜
清晨冷清的街道
街燈依然
孤行的人
心在何方
曾經海闊天空
曾經意氣風發
只餘家的方向
兩顆思念的心
那盞等待的燈依舊
庭院玉蘭花香濃郁
應門的是一頭白髮
還有溫暖遊子的擁抱

於2015.12.16

雨中黃玫瑰

初秋種下一個叫寂寞

深夜踽踽於庭

清晨沐浴在朝露

在午後那個懶洋洋的陽光昏沉

沒有孤獨只是寂寞

冬夜的風夾在雨聲中

滴答個不停

進入了夢鄉

留下掛念

黃玫瑰靜靜垂淚

初開的花蕾有一點紅色挑逗

愛情卻褪色

離別的黃玫瑰

沒有懷念

只是告別

於2016.01.05

萍聚

不是偶然　是緣份

越過千山萬水相逢

在豔陽　在冬雪中

在春風　在秋雨中

相知的默契在眼神中

在清晨的沁涼中一起努力

在深夜的暗黑中共伴

永恆停駐在相聚時刻

分別在約定下

期待在彼此

笑看人生悲歡離合

瀟灑這一回

再回首

緣分是否依舊

於2015.12.10

戀人恰如春天的幻影

春天
天那麼藍
水那麼清
花那麼美麗
愛情的濃度那麼高
我們如此約定
海誓山盟
諾言一輩子
不會輕易說別離
當你轉身離去
笑容猶在
美酒佳餚的等待
隻影每日
舉杯對空
總有一個美麗的期望
遠方捎來的訊息
已成春天的幻影

於2016.01.13

獨酌

啜一口香濃

舌尖上的舞動

令人陶醉

苦苦的滋味有一點甘

微醺中的清醒

輪廓越來越清楚

窗外的騷動

豁然清晰

對飲空杯

獨留寂寞

悵然

咖啡的味道漸淡

逐漸清醒中有點昏沉

仍舊思念

於2016.03.02

婚禮

結婚進行曲響起
她踏入紅毯的起點
那一端是她一輩子的情人
靜靜地等著
深情的凝望
她踩著漸漸上升的幸福音階
彷彿漫步在雲端
向他一步一步地靠近
他的燦爛笑容
把禮堂照耀得一片光明

走到紅毯那端
獻上手上那把九十九朵的情意
和他約定
當他一輩子的新娘
他笑得更燦爛了
融化所有賓客的心

她轉身與他一起致意
在寂靜的掌聲中

這是她一人的婚禮
卻有他永遠的陪伴

於2016.03.30

附註：一對論及婚嫁的情侶因男方罹癌過世，女方堅持
　　　仍然完成兩人的婚禮。

有一種像病毒的思念

沒有挑時辰

沒有敲鑼打鼓

就這麼毫無聲息的

鑽入我的身體

鑽入我的骨髓內

鑽入我的記憶深處內

鑽入我心中那最裡的一處

於是

我逐漸感受它的威力

如此排山倒海

我想放任它

讓它肆意妄為

因為這病毒無法治療

只能屈服在它腳下

但

我如此軟弱

我的屈服沒有博得它的同情

它就這樣慢慢地

慢慢地
啃噬我的心智
啃噬我的堅強
終於
我沉沒了
在一種像病毒的思念中

於2016.03.29

守候

靜靜等待
你再一次的呼喚
姿容
只為你再一次美麗
溫暖的床
只為了再一次與你溫存

也許我們還可一起奔跑
在草原
在溪邊
在那不知名的小徑
也許我們還可一起迎風
在山巔
在海上

是否再一次地擁抱
用你有力的雙手
我今生的等待

於2016.04.29

附註：一隻狗為了等待牠的癌逝的主人回來，在門口靜
　　　靜等待四年，也許牠知道主人不會回來了，卻不
　　　願接受，因為牠害怕失去等待的意義。

分手

決定分手
在五月的第一個禮拜
妳曾說要等待
康乃馨盛開
我心歡喜
用心澆灌
希望灑落在每片花瓣
紅的　粉紅的
不要白的
在五月的第一個禮拜
妳決定分手
康乃馨不再盛開

2015.10.26

附註：每年五月三日是我的生日，不想慶祝因為是母
　　　難日，還有手上那朵永遠不忍別在胸前的白色康
　　　乃馨，總是觸動傷感，三十幾年過去了仍無法
　　　釋懷。

媽媽不乖

媽媽　妳不乖
叫妳要好好吃
妳卻只將大魚大肉留給我
媽媽　妳不乖
要妳穿漂亮衣服
妳卻只將我裝扮如公主
媽媽　妳不乖
要妳健健康康
妳卻將自己變成藥櫥
媽媽　妳不乖
要妳陪我久久長長
妳卻遠遊而去不回頭

八月本是桂花飄香
百合卻搶著怒放
寂寞伴著桂花
我伴著孤獨

庭院沒有深深
孤獨的人卻無法走到盡頭

媽媽　妳不乖
我如此殷切期望
妳卻無法回應我的思念

　　　　　　於2016.09.08母親的農曆忌日

世界篇　望遠

當台灣詩人遇到蒙古草原
——唱和方耀乾的詩〈蒙古草埔〉

號角響起　戰鼓頻催
詩人　滿弓一箭射出
羊變成一首一首的詩
牛變成一首一首的詩
馬變成一首一首的詩
草原之歌　響徹

2009.07.16老公獲第17屆榮後台灣詩人獎日

轉角遇見切格瓦拉

五月節的革命廣場
高牆上的切格瓦拉
在viva聲中
震撼一顆初老的心
開啟了詩意

餐廳的牆上
路邊的民房
書本的封面
在古巴的每個轉角
總是驚喜相遇
終於
將切格瓦拉穿上
在身上
在心上

離開古巴
切格瓦拉總如影隨行

在西班牙巴薩隆納的牆上
在孟加拉達卡的青年身上
在台北冷冷地的街頭上
在台南鄉下的樹幹上

於2016.05.01

附註：2014年與一群詩人到古巴參加世界詩人大會的活
　　　動，在五月節活動的革命廣場高牆上遇見切格瓦
　　　拉，之後總是與他不期然就會遇見。

詩舞

夕陽用彩筆把天空畫得五顏六色
再不斷地修改它
每個分秒都是一幅幅美麗圖畫
大海微微搖動她的裙襬　起舞
不遠處停泊的小艇　靜靜的　靜靜的　聆聽
詩人以如喙的嘴啄出一句句的詩詞
跳躍在天空中　跳躍在浪花中
剎那間
心中激出一串串浪漫

於2015.09.05七股

初粉墨

那年冬天

聖嬰冰凍台灣

人凝結了

孟加拉卻將人解凍

那微風的大學校園裡

大樹下

詩人與學子的邂逅

大師與初誕生的詩人

詩句成了音符

響遍樹梢

在陽光與和風中迴盪

不若大師的鏗鏘有力

只是唸著情書

訴說少女情懷

那個年輕少年的一束帶有清香鮮花

將一個詩人粉墨初登場

點綴得燦爛

於2016.05.12記在孟加拉達卡的大學校園裡，
第一次上台唸自己的詩

卡塔克之舞

乘著大鳥之翼

越過千山萬水

尋找神祕的傳說

神在人間的居處

那個夢幻國度

旋轉中舞出優美

旋轉中舞出神的傳說

尋找有了歸處

我沒有俐落的雙腿

我沒有優雅的雙手

我沒有曼妙的身軀

只是隨之舞動

在卡塔克中

我夢中神的國度

律動中神之音符湧現

開出一朵朵美麗

於2016.02.15

我的風火輪

腳踏著我的風火輪

沒有哪吒的來去如風

只是慢慢踏出我的人生

汗水滴入希望中

拼出一家溫飽

沒有計算過後面的負擔多重

只知道不能輸

前面尚有不知名的挑戰者

等著戰贏

我只是用著堅定意志

一步一步踏出

踏出我的希望和寄託

踏出我人生的美麗風景

於2016.02.25

附註：孟加拉達卡交通雜亂，大小車爭道，最讓我不能
　　　忘懷的是踩著三輪車載客的車夫，他們臉上認命
　　　的表情深深烙入我心。

來去夏威夷

ALOHA!
花圈的熱情在ALOHA中套住
穿上了草裙舞入波里尼西亞的傳說中
小船緩緩駛入時空的膠囊
我迷失在椰子林中
只是不想去記憶來路

恐龍灣沒有恐龍
只有魚兒以情人之姿吻上我
讓我逐波陶醉在浪花激起中

「乖孫耶！　跑慢點！」
一句來自故鄉的台語叫喊聲
在WIKIKI海灘響起
阿嬤的深情呼喚
喚醒我思鄉的情懷
那只是離開三天的家

珍珠港戰鼓不響

槍砲也不再直指敵人的胸膛

只有那艘威風不再的戰艇

靜靜地躺臥

是宣揚戰爭的勝利

或只是自艾自憐

一條仍在流動的火山泥

宣告大地的威權

我踩踏它

卻無法抑制心中的膽怯

似魔戒中索倫的魔眼仍在搜索

隨時將爆發的ORODRUIN火山

只有大海的力量才能平息他的怒火

ALOHA!夏威夷擺擺！

於2016.03.31

附註：「擺擺」在西拉雅語是指女生，音類似英語的
　　　bye-bye，用此語向美麗的夏威夷說再見也向美
　　　麗的夏威夷姑娘說再見。

將軍令

將軍揮劍

在萬馬奔騰中

千軍越過比里牛斯山

眼前一片耀眼

將軍號令

一頁頁功勳寫就

無人匹敵

將軍意氣風發

午夜

將軍策馬艾佛拉小鎮

眾將士蕭然無聲

殺氣不再

將軍舉杯低吟

人生富貴何需求

千年白骨一般同

於2015.11.23

附註：艾佛拉小鎮位於葡萄牙、西班牙邊境，有個人骨
教堂，由許許多多的人骨拼成，在燈光照耀下金
碧輝煌，這些白骨的主人；可能曾是功勳彪炳的
將軍，可能是無名小卒，可能是王公貴族，也可
能只是一個市井小民，如今都僅是白骨一堆。

巴塞隆納戀曲

1999年道別在奎爾公園

彩色蜥蝪如往燦爛

相愛的人分手必然

轉身不再回顧

戀情的濃度

是否淡然

2026聖誕夜相約聖家堂

白雪下的燈火迷朦

越過比里牛斯山的北風凜冽

思念在相擁中蹦出

溫度在唇上漫開

情意灑落在片片雪花中

跨越世紀的戀情

依舊濃烈

於2015.12.10

附註：奎爾公園及聖家堂都是高第的偉大建築，尤其聖
　　　家堂歷經一百多年仍在建造，據說將於2026年會
　　　完工，自1882年開始的偉大工程將有個令人期待
　　　的結果，有情人相約2026年相見，應該也會有個
　　　美滿結局。

初雪

台北下了第一場雪
不在玉山巔上
不在陽明山谷
只在旅人的肩上
沉重
戀人相約第一場雪
天長地久
旅人的第一場雪
寄望何方
走在中山北路
盡頭是七段嗎？
繁華還是孤寂
細雨和雪
溼透曾經熱血的心
PUB內那杯血腥瑪莉
融化不了這場雪
台北的這場初雪

和著淚
落下

於2015.12.14

冰火之島的回憶

回憶飄到冰之島
瞬間凝結
停駐
火熱之情
將之融化
再一次運轉
墜落藍色的淚珠中
洗滌來自風塵的空
雷克雅末克的夜未眠
等待夕陽西下中
那抹從未散去的光暈

黑色的沙灘沉睡一段大戰後的安詳
在大地之吼的憤怒之後
在人與大地的抗爭之後
在人與人的爭鬥之後
在海水中翻滾的黑色沙粒

不斷地在訴說歷史
人類的記憶能否被勾起

千年冰不曾停歇的腳步
在青色的潟湖中稍歇
大海卻在不遠處呼喚
呼喚千年前離家的遊子
再久再遠都要回應母親

於2016.07.28

藍色的淚珠

一滴掉落凡間的眼淚
蔚然成藍色的湖泊
融化一顆冰凍的心
帶來了春天的氣息
春天來了
身暖了
心暖了
在寒風中
沉醉

於201.07.016冰島藍色溫泉湖

波羅的海上花

在波浪中浮沉
我是海上一朵
美麗的花
離別斯德哥爾摩
目光前方赫爾辛基
遙望漸漸西沉的夕陽
一顆心留在島鄉
卻寄望前方的未知

在波浪中浮沉
這朵海上花
不怕前面的挑戰
勇敢向前在波羅的海
他們卻說波羅的海
不屬於波羅
使我很迷惘

不屬於波羅的海
卻叫波羅的海
波羅的海上花屬於波羅嗎
我想做一朵
自由自在的海上花
追逐著波浪浮沉

於2016.06.30乘坐詩麗亞號郵輪有感

挪威森林的精靈

身穿紅衣的精靈
獨自徘迴在挪威森林
尋找她不知要尋找的
她問杉樹
杉樹閉上眼
她問松樹
松樹闔上嘴
她問檜木
檜木沉思不語
她問星星
星星眨眨眼
只有月光沉靜地
為她照路
她問柳樹
柳樹點點頭
要她靜聽水潺潺
望望水深處

一個紅衣精靈在水一方
她尋找到要尋找的

於2016.07.06

站在蘭嶼的星空下

騎著一臺有點新的機車
卻有著無數滄桑的痕跡
蘭嶼的環島公路
總是蜿蜒起伏
彈起老邁身軀
機車的龍頭
被緊緊環抱
滲出淡淡的溫暖
在海風的涼意中

那個不知名的海灣
停車燈熄在漆黑中
耳邊洶湧的浪聲不肯停歇
遠處只有夜潛人
點亮的光明
仰望星空
那串閃爍的星星
他們叫它北斗

許久未見的驚喜
在那顆驕傲的北極星光芒
記憶只有幼時初見面的遙遠

再起程
北斗留下
北極留下
心也留下
在蘭嶼的星空中

於2016.05.27蘭嶼夜遊

將墾丁的月種在南灣的海

墾丁的月總是躲迷藏

我徘迴在墾丁的街頭

閃爍的燈光

喧嘩的聲音

迷惑我的眼光

阻隔我的聽覺

紙迷金醉的PUB裡

只有醇酒和年輕的比基尼

這顆年老的心

逕自徬徨

光亮的天空找不到月亮和星星的指引

惶恐走入南灣的沙灘

海浪在漆黑中靜靜絮語

訴說千年孤寂

悵然返身

那個圓亮的月兒

竟悄悄落在大海的裙襬

痴狂的我

決定將墾丁的月種下
在南灣的海
不讓她再一次躲藏

於2016.06.11

含笑詩叢9　PG1725

 蛋生
　　——戴錦綢詩集

作　　者	戴錦綢
責任編輯	林昕平
圖文排版	周妤靜
封面設計	王嵩賀

出版策劃	釀出版
製作發行	秀威資訊科技股份有限公司
	114 台北市內湖區瑞光路76巷65號1樓
	電話：+886-2-2796-3638　傳真：+886-2-2796-1377
	服務信箱：service@showwe.com.tw
	http://www.showwe.com.tw
郵政劃撥	19563868　戶名：秀威資訊科技股份有限公司
展售門市	國家書店【松江門市】
	104 台北市中山區松江路209號1樓
	電話：+886-2-2518-0207　傳真：+886-2-2518-0778
網路訂購	秀威網路書店：http://www.bodbooks.com.tw
	國家網路書店：http://www.govbooks.com.tw
法律顧問	毛國樑　律師
總 經 銷	聯合發行股份有限公司
	231新北市新店區寶橋路235巷6弄6號4F
	電話：+886-2-2917-8022　傳真：+886-2-2915-6275

出版日期	2017年2月　BOD一版
定　　價	200元

國家圖書館出版品預行編目

蛋生:戴錦綢詩集 / 戴錦綢著. -- 一版. -- 臺北
市:釀出版, 2017.02
　　面;　　公分. -- (含笑詩叢;9)
BOD版
ISBN 978-986-445-178-4(平裝)

851.486　　　　　　　　　　105024758

讀者回函卡

感謝您購買本書，為提升服務品質，請填妥以下資料，將讀者回函卡直接寄回或傳真本公司，收到您的寶貴意見後，我們會收藏記錄及檢討，謝謝！
如您需要了解本公司最新出版書目、購書優惠或企劃活動，歡迎您上網查詢或下載相關資料：http:// www.showwe.com.tw

您購買的書名：_____

出生日期：_____年_____月_____日

學歷：□高中 (含) 以下　　□大專　　□研究所 (含) 以上

職業：□製造業　□金融業　□資訊業　□軍警　□傳播業　□自由業
　　　□服務業　□公務員　□教職　□學生　□家管　□其它____

購書地點：□網路書店　□實體書店　□書展　□郵購　□贈閱　□其他

您從何得知本書的消息？

　　□網路書店　□實體書店　□網路搜尋　□電子報　□書訊　□雜誌
　　□傳播媒體　□親友推薦　□網站推薦　□部落格　□其他_____

您對本書的評價：(請填代號　1.非常滿意　2.滿意　3.尚可　4.再改進)

　　封面設計____　版面編排____　內容____　文／譯筆____　價格____

讀完書後您覺得：

　　□很有收穫　□有收穫　□收穫不多　□沒收穫

對我們的建議：_____

_____

_____

_____

11466
台北市內湖區瑞光路 76 巷 65 號 1 樓

秀威資訊科技股份有限公司　　　收

BOD 數位出版事業部

....

（請沿線對折寄回，謝謝！）

姓　　名：＿＿＿＿＿＿＿＿＿　年齡：＿＿＿＿＿　性別：□女　□男

郵遞區號：□□□□□

地　　址：＿＿＿＿＿＿＿＿＿＿＿＿＿＿＿＿＿＿＿＿＿＿

聯絡電話：(日)＿＿＿＿＿＿＿＿＿＿＿(夜)＿＿＿＿＿＿＿＿＿＿

E-mail：＿＿＿＿＿＿＿＿＿＿＿＿＿＿＿＿＿＿＿＿＿＿＿